PHYSIOLOGIE

DE LA LORETTE.

IMPRIMÉ PAR BÉTHUNE ET PLON, A PARIS.

Physiologie
DE LA LORETTE,

Par M. Maurice Alhoy,

Vignettes de Gavarny.

La tante en permettra la lecture à sa nièce.
(*Anonyme.*)

PARIS,

AUBERT ET CᴵᴱE, LAVIGNE,
Galerie Véro-Dodat.   Rue du Paon-St-André, 1.

Invocation en couleur antique.

lecteur ! j'ai craint le naufrage avant la sortie du port. Le rivage était hérissé d'écueils. Enfin je vogue..., que la douce brise s'élève et rafraîchisse mon luth au prélude de mes accents !

Style lyrique ! je te demande la permission de renoncer à l'instant même à ta formule pour entrer prosaïquement dans l'exposé des difficultés de ma position.

Je ne sais quelle brume compacte s'est mise

un moment entre ma mémoire et l'horizon de la poésie antique ; par l'effet d'un mirage alphabétique , il m'a semblé , au début de tous les poèmes, depuis l'*Iliade* jusqu'à la *Physiologie du fumeur*, voir figurer la lettre O, cette particule si laconique, cette apostrophe si stridente, cette magique avant-courrière de l'invocation.

J'ai vécu trois jours dans la persuasion que le poète devait partir de la quatrième voyelle de l'alphabet, comme le garde national doit partir du pied gauche.

Et j'avais dit à l'éditeur du poème physiologique de la Lorette, ô Mécènes (style virgilien), au nom de ta gloire et de la mienne, fais confectionner, ou plutôt, pour me servir d'un terme qui donne à mes inspirations la date et la couleur de leur époque, fais *illustrer* un O.

Et l'artiste avait appendu un O en guise de couronne à ma lyre.

Les choses ainsi avancées, il n'y avait plus à reculer. J'étais irrévocablement voué à l'O, il n'était plus temps de modifier mon ignorance, de rafraîchir ma mémoire et de demander au vieil Homère pourquoi il n'avait pas prévu l'embarras dans lequel il me mettrait en commençant ses rapsodies par un mu (c'est ainsi que les Grecs primitifs dans leur ignorance de notre langue maternelle, s'obstinaient à nommer la lettre M).

Il n'était plus temps de faire comparoir Arioste, Torquato Tasso, Dante, Virgile, ni même Châteaubriand, Victor Hugo, et Odry, l'Homère de la maréchaussée, pour leur demander compte de l'absence de la note sympathique qui manque à la première gamme de leurs chants.

Il y avait aussi prescription contre Camoëns, qui dans sa lutte sur les flots, oublia d'interpeler en O les cétacées auxquels il arracha son poème hydrofuge.

Aucun précédent ne justifiait ma lettre initiale. Moi, timide, je tremblais. Heureusement la patronne des Lorettes me vint en aide, elle me ramena au souvenir des hymnes que l'église nomme les O de Noël.

Ce sont neuf cris de joie qui s'élancent de la terre aux cieux, neuf harmonies dont la quinzième lettre de l'alphabet est la première modulation.

La voilà conquise mon initiale privilégiée, je

la mets en saillie comme pierre d'attente de l'édifice.

C'est le premier anneau de ma grande chaîne d'anges terrestres.

C'est la première tige de mon champ d'églantiers.

O Lorettes! je vais vous chanter, ou plutôt, pour parler un langage plus famillier, Lorettes, je vais vous croquer.

O Lorettes, fous scarabées, nomades phalènes, laissez-moi lire à travers votre transparence les mystères de votre organisation bizarre.

O Lorettes, météores à mille feux dont aucun calcul ne peut prédire la marche ni les révolutions, je vous suivrai dans la zone où vous errez.

O Lorettes, aiglons aux ongles pointus, linottes au gazouillement sans rhythme, nous dirons comment vous bâtissez vos aires de velours et vos petits nids de mousse et de chaume.

O Lorettes, Pénélope a eu son Homère, la grisette a eu son Béranger, vous aurez vos poètes, vos historiens, vos feuilletonistes, vos vaudevillistes, vos romanciers.

O Lorettes, Charles Nodier vous adoptera au

nombre de ses trilbis, il vous associera aux jeux de ses lutins, et le soir, il éclairera le forestier sous les noires voûtes des bois avec les flammes de vos yeux brillants comme la luciole.

O Lorettes, un jour, Balzac vous saisira par corps, il vous fera une visite domiciliaire et instrumentera avec son inflexible plume, sa plume de recors qui saisit tout et ne laisse rien échapper.

O Lorettes, Jules Janin, ce grand parrain des renommées, vous jettera sur la tête l'encre baptismale du feuilleton, il vous adoptera, il vous nommera ses belles Lorettes, ses blondes Lorettes, ses braves Lorettes, ses Lorettes à lui, et à son cœur. Sa rhétorique vous fera un berceau de fleurs embaumées, il vous couchera sur sa phrase souple et moelleuse comme le hamac dans lequel le loriot s'endort bercé par la brise.

O Lorettes, Alphonse Karr vous prendra sur ses nerveuses épaules, il vous plongera dans les belles eaux des fleuves où il vous fera courir comme de sveltes couleuvres; puis il dira : Ce sont des sirènes que j'ai rencontrées et qui jouaient dans les roseaux avec les blanches mauves du rivage et les martins-pêcheurs aux ailes bleues.

O Lorettes, que d'ovations vous attendent ! braquez donc sur votre poète vos lorgnettes-l'erepas, et dites-vous :

Voilà celui qui a donné le premier coup de trompe de notre marche triomphale !

Classement des spécialités.

cette demande : qu'est-ce qu'une Lorette ?

Voici la réponse : — La Lorette échappe à la définition.

On ne l'explique pas, on l'analyse, on la classe.

C'est à tort qu'on a cherché à établir quelques rapprochements entre la Lorette et la grisette.

La grisette est un être qui tend à disparaître comme le quartier qu'elle habite. Le pays latin est appelé à devenir une contrefaçon des steppes de Pologne, une parodie des landes de Gascogne, le bassin du Luxembourg sera frère du bassin d'Arcachon, la rue Saint-Jacques obliquera sur Montmartre, alors la grisette se fera Lorette, c'est ce qu'elle a de mieux à faire.

Dans cette transformation, les mœurs primitives de la grisette seront modifiées.

La grisette ne devra plus avoir un doigt tatoué par les morsures d'aiguille, la Lorette a horreur du travail. Dans sa vie, elle commence à broder une descente de lit, un porte-cigares, une pantoufle, une demi-paire de bretelles, mais personne ne peut témoigner qu'aucun de ces ouvrages ait jamais été terminé.

La grisette devra renoncer à la pipe, la Lorette consomme le cigare à quatre sous. *Nota*. Elle fait sortir la fumée par les narines ou par l'oreille, au choix de la société.

La grisette devra renoncer à l'usage immodéré du cidre de Normandie, la Lorette croit que la France, sa belle patrie, n'est composée que de deux départements, la Bourgogne et la Champagne.

Quand on a chanté sur l'orgue,

Je vais revoir ma Normandie.

la Lorette a cru que Bérat était un matelot de l'Astrolabe qui avait acheté une langue de terre sur laquelle on parlait le patois de Gaspard l'Avisé.

La Lorette n'exécute le cancan qu'au carnaval, il faudra que la grisette renonce à cette danse qu'elle pratique en marchant, même pendant le carême.

La grisette *va en journée*, la Lorette peut à peine se décider à aller en soirée quand elle a obtenu de la protection d'un régisseur son

encataloguement dans les chœurs des théâtres

du Vaudeville, des Variétés ou des Folies-Dramatiques.

La Lorette figurante, par suite de la répulsion que son espèce a pour tout travail, n'a jamais pu apprendre le premier hémistiche d'un chœur. Tout ce que l'autorité de la régie put obtenir d'elle, c'est qu'elle ouvre la bouche pour faire croire au public qu'elle dit :

> Oh! quelle ivresse
> Quelle allégresse,
> Chantons en ce beau jour
> L'amour.

Ou...

> Restons jusqu'à demain
> Amis, le verre en main,
> Pour boire à sa hautesse
> (*ou bien* à son altesse
> *ou bien* à la princesse).

Ou...

> Partons, l'heure nous presse
> Pas de paresse,
> Partons; plus tard
> Ce serait du retard.

C'est sans doute une Lorette qui a fait donner aux dames qui paraissent en scène, le sobriquet de paraisseuses.

La Lorette ne reste jamais plus de vingt-neuf jours à un théâtre, ses appointements paient ses amendes. Ainsi, en quatorze ou quinze mois, elle fait son tour du monde théâtral, et rentre dans sa zone où elle s'excuse de son mieux de sa désertion.

Bien des feuilletonistes se donnent les gants d'avoir signalé à l'attention publique l'apparition de la Lorette. J'ai recherché avec la patience d'un chartreux tous les documents qui pourraient jeter du jour sur cette ténébreuse question, et je dois à la vérité de l'histoire astronomique, de dire que c'est Nestor Roqueplan, le spirituel rédacteur des *Nouvelles à la main*, qui le premier a découvert un soir le passage de cet astre sous le disque d'un réverbère; en même temps il remarquait le mouvement de rotation des Arthurs, satellites nombreux jusqu'ici oubliés par le bureau des longitudes.

Nous avons promis une nomenclature. Nous pensons qu'on peut fractionner ainsi la grande famille des Lorettes.

Première grande division du genre :

1° La Lorette sous puissance de père et mère.

2° La Lorette émancipée.

Division de l'espèce qui peut s'allier à la classification du genre.

1° La Lorette plébéienne.

2° La Lorette avec aïeux.

3° La Lorette à parents anonymes.

4° La Lorette exotique.

La Lorette sous puissance de père et mère, portiers, a pour boudoir une soupente ; le tuyau du poêle forme un coude à la hauteur de sa chambre aérienne, et c'est à ce coude que la Lorette se chauffe les doigts pendant l'hiver ; l'été, elle convertit le poêle en porte-manteau.

L'auteur de ses jours est presque toujours

un ancien cordonnier qui continue son commerce dans sa loge et partage son admiration
entre l'œuvre de chair et l'œuvre d cuir ; il

fractionne son enthousiasme en deux parts
égales, une qu'il donne aux souliers qu'il a créés,
l'autre allouée à sa fille qu'il forme.

S'il y a dans le mobilier paternel une tasse
avec une anse, c'est la Lorette sous puissance

de père et mère qui en fait usage. Sa mère prend son café dans un pot de fleurs.

Le demi-poulet qu'on mange le dimanche n'ayant qu'une aile, la Lorette doit l'accepter. Si elle la refusait, son père lui donnerait sa malédiction.

Le père de la Lorette lui donne un professeur de galop, qu'il paie en resemelages.

Si la Lorette a une robe neuve, le père

pleure de joie , et prie le fils ou le neveu du propriétaire de conduire sa fille au spectacle.

Le père va se cacher au parterre, il dissimule son droit de propriété, craignant que le nom de l'auteur ne nuise à l'admiration qu'on a pour l'ouvrage.

Le père pense un matin que la jeune plante s'étiolera dans la serre chaude de la loge.

Il dit adieu au cordon, il transporte ses pénates et son mobilier à un quatrième étage.

Un soir, il va prendre l'air sur le boulevart extérieur; à son retour, on lui dit : Votre épouse et votre fille ne sont pas là haut.

— Quand rentreront-elles?

— Elles ne rentreront pas.

— Ah... ont-elles laissé la clé?

— Elles l'ont laissée...

— Je vais aller me coucher.

— Dans quoi ?

— Dans mon lit.

— Il n'y en a plus, votre épouse et votre fille ont déménagé et le mobilier est parti avec elles.

— Elles n'ont pas laissé leur adresse.

— Si fait, elles m'ont chargé de vous dire qu'elles allaient au numéro 23.

— Dans quelle rue?

— Je ne sais pas.

— Merci toujours.

Un prince plus ou moins turc, ayant manifesté le désir de causer de la question d'Orient

avec la jeune fille, la mère a jugé convenable de ne pas recevoir la tête couronnée dans le domicile d'un être qui travaille pour les pieds humains, voilà ce qui a motivé la translation des meubles. Quand ma fille sera sultane, se dit la maman, je réinstallerai le chef de la communauté dans le noyer d'où je l'ai momentanément expulsé.

La Lorette émancipée offre des traits tellement divergents, que nous les retrouverons épars dans tous les chapitres de cette esquisse physiologique.

Passons à la subdivision :

La Lorette plébéienne est l'espèce la plus commune des Lorettes. Elle doit à elle seule sa transformation : elle a appris, on ne sait comment, à porter son châle, à se rouler dans un cachemire ; elle arrive à la contrefaçon de la femme d'agent de change ; seulement, on la reconnaît, quoi qu'elle fasse, au fanatisme qu'elle professe pour la sous-jupe Oudinot. Elle pousse son usage jusqu'à l'abus ; elle est fière de ressembler à un aérostat qu'on va enlever.

La Lorette plébéienne tient aussi à la conservation de quelques phrases favorites.

Quand bien même elle épouserait M. Napoléon Landais, et qu'elle aurait en dot son dictionnaire, elle vous dirait : Chalenton et Mémorency, au lieu de Montmorency et de Charenton. Il y a une particule qui joue un grand rôle dans la vie de la Lorette, c'est la particule ON. C'est l'énigme de toute sa vie, quand elle veut que sa vie soit mystérieuse.

ON viendra me prendre ce soir. Si ON savait que je suis chez vous, ON serait bien furieux. On m'a dit hier que si ON ne venait pas au bois, ON viendrait dîner. Il y a des Lorettes, qui devant un tiers n'ont jamais prononcé le nom qui se cache sous le masque de ce mystérieux monosyllabe. C'est une grande leçon de discrétion donnée à notre sexe.

La Lorette avec aïeux a fait son éducation et ne s'est fait enlever qu'après avoir passé tous ses examens de syntaxe et avoir remporté trois prix de gymnastique.

La Lorette avec aïeux n'accepte au carnaval que les hommages des masques moyen âge. Dans ses relations habituelles, elle donne à chaque nom une particule nobiliaire, ou elle met en védette devant lui une qualification qui le rehausse. Si vous vous nommez Félix, elle vous appellera de Saint-Félix, si vous signez un billet Durand, hôtel de Provence, elle mettra sur l'adresse d'une épître ornée de son scel : à M. de Hurand, en son hôtel.

La Lorette avec aïeux achète ses ancêtres

chez les marchands de bric à brac de la cour des Fontaines , ou bien elle demande à un peintre un grand-père de fantaisie quand elle ne rencontre pas un aïeul d'occasion.

La Lorette avec aïeux monte à cheval, suit de loin les steeple-chasse, escortée d'un groom de location qui appelle sa maîtresse madame la baronne et a une couronne sur ses boutons de maillechor.

La Lorette avec aïeux est née artiste, elle donne des leçons de piano à cinquante centimes le cachet. Elle offre dans les petites affiches de voyager avec une famille anglaise.

La Lorette à parents anonymes est un type qui tend à se généraliser. Il y a deux mille Lorettes à Paris qui disent être filles de colonels de la grande armée. Si elles ne révèlent pas leur nom patronimique, c'est qu'elles ont juré le silence et le mystère sur le piédestal de la colonne Vendôme.

La Lorette exotique. Les statisticiens que nous avons consultés sur cette individualité nous ont juré, de par M. Charles Dupin, que le sol le plus fécond en exportation de Lorettes était la Belgique. Pendant quelque temps, les Lorettes de cette nation se sont fait passer pour polonaises réfugiées. Messieurs les sergents-de-ville signalent les Lorettes du Nord comme les prêtresses les plus enthousiastes de la danse qu'ils ont la consigne de paralyser.

Un phare au milieu des écueils.

eut-être n'avez-vous pas reçu, ô Lorettes, la cir-, culaire que le pasteur de votre troupeau a adressée, non franco à ses brebis. La voici :

« Madame, depuis l'ouverture de l'église de Notre-Dame-de-Lorette, nous avons plusieurs fois parlé à nos paroissiennes des charges immenses qui ont été imposées à notre administration, et nous cherchons encore les moyens de réaliser ce qui est nécessaire à ce sujet.

» La magnificence des dorures, le talent remarquable qui a présidé à toutes les peintures qui l'embellissent, disent beaucoup à notre admiration pour les arts, mais n'ajoutent rien à nos ressources pour éteindre promptement les dépenses où nous ont entraînés des richesses si éclatantes.

» Aurai-je trop présumé de votre générosité et de votre zèle, je ne le pense point, en formant le projet de faire une quête extraordinaire et définitive, afin de n'avoir plus rien à désirer à cet égard. Je me transporterai moi-même, ou avec le concours de mes vicaires, dans votre demeure pour recueillir vos offrandes.

» J'ose me flatter que cette démarche, dans un but si louable, sera comprise et que je me féliciterai autant que je suis heureux de saisir cette occasion de vous rendre visite.

» Recevez, etc.

» TH. DE ROLLEAU,
» Curé de Notre-Dame-de-Lorette. »

Vous le voyez, *Lorettes*, vous êtes les protectrices du temple, vous en êtes les blanches et sveltes colonnes; sans vous, il serait peut-être tombé et avec lui serait tombé le joli nom que vous portez.

Vous avez toutes ouvert votre aumônière, et quand le collecteur est venu, l'offrande ne s'est pas fait attendre. C'est un placement que vous avez fait sur une caisse d'épargne qui tient compte des moindres mises; plus tard vous en recevrez l'intérêt ; voilà ce que je vous dirais, si je faisais un sermon.

Et si je faisais un vaudeville je dirais en langue du terroir et sur un *air nouveau* de mon ami Thys dont la modeste timidité est presque évangélique :

Plus d'une naïve fillette
A trouvé, fuyant les amours
En Notre-Dame-de-Lorette
La patronne de bon secours.

C'est œuvre digne de louanges
D'avoir placé ce temple protecteur
Sur un chemin où tant de pauvres anges
Ont à lutter contre le tentateur.

Si Nathalie ou madame Doche chantait ce couplet, le public crierait bis, modestie d'auteur à part.

Avant de quitter l'oasis de la rue Laffitte, constatons un fait peu connu et démentons une calomnie.

Le fait peu connu est : que les chaises louées à l'année coûtent plus à Notre-Dame-de-Lorette que les stalles à l'Opéra, et qu'il faut s'inscrire six mois d'avance pour en avoir. C'est humiliant pour l'Académie royale, mais c'est comme cela.

Maintenant, à la calomnie : On se dit dans les coulisses (aveuglement de l'esprit de concurrence) que derrière certain prie-dieu de velours, on trouve gravée l'adresse de la pieuse propriétaire du meuble.

Nous avons fait notre ronde avec toute la

sévérité d'un substitut du parquet qui débute, et nous n'avons découvert dans le temple aucune contrefaçon de l'almanach des adresses. Seulement, derrière une chaise-stalle en racine de frêne, nous avons trouvé un crayon timbré de la fabrique *Guyot-Després*, il avait servi à tracer ces mots :

Où pourrai-je vous voir?

Le lendemain le même crayon, conduit par une autre main, avait répondu :

Au Ciel?

Voilà toute la correspondance que nous avons pu saisir entre les anges et les démons de la terre.

Être et n'être pas dans ses meubles.

 oute Lorette a eu,
a, ou aura un mo-
bilier. La vie de la
Lorette est un pas-
sage du noyer à
l'acajou, de l'aca-
jou au palissan-
dre, et souvent un retour du palissandre au
noyer.

Il y a des époques de transition où l'hôtel
garni reçoit la Lorette, elle y touche un moment
comme les navigateurs abordent à quelque terre
sauvage pour attendre le bon vent.

L'hôtel garni est le Botany-bey de la Lorette.

Toutes les tortures l'attendent et l'assaillis-
sent sur cette terre d'exil, où souvent elle est
condamnée à vernir elle-même ses brodequins.

Là, elle est soumise temporairement à un ré-
gime cellulaire qui ne va pas à son amour d'in-
dépendance.

Au nombre des fléaux auxquels elle est livrée,
on doit compter :

Premier fléau. — La déplorable et fréquente

périodicité du loyer, fractionné par quinze jours, et qui revient cent quatre fois dans une année qui n'est pas bissextile.

Deuxième fléau. — Les entrées de faveur du commissaire de police, qui, à la condition de se serrer les reins avec une ceinture non hygiénique, a le privilége de venir réveiller à minuit ceux ou celles qui ne dorment pas dans leurs meubles, et de leur demander s'ils ont des passeports ou s'ils ne confectionnent pas clandestinement des cartouches.

Troisième fléau. — L'interrogatoire sur les noms, prénoms, âge, qualité qui doivent figurer sur le registre de l'hôtelier.

On sait que la Lorette a pour habitude de se faire un nom de fantaisie. Si la Lorette a passé un été près d'un étang, ou d'une mare elle se nommera pendant l'hiver madame de Lamare, ou mademoiselle de l'Etang. Si elle a été locataire d'une maison nouvellement bâtie, elle se fait appeler madame de Maisonneuve, ou par corruption, madame de Maisonave. Quelquefois, la Lorette prend le nom de la ville où elle est née, et vous recevez au carnaval des lettres d'invitation aux bals, signées madame de Toulouse, madame de Bourges, madame d'Amboise; d'autres se baptisent près d'une cour, ou d'un trou artésien et se font appeler madame de Lacour ou madame Dupuis, d'autres adoptent le nom de leur paroisse et deviennent madame de Saint-Roch ou mademoiselle de Saint-Sulpice.

Tous ces noms sont salués gracieusement par les propriétaires des appartements à louer. Jamais on n'a demandé à une locataire les preuves de son état civil. J'ai vu un bail de loyer qui était signé *Juli de Mommorenssy*; il ne vint même pas à la pensée du notaire de mettre en doute le droit que la signataire avait à la possession de ce beau nom si étrangement orthographié, et qu'elle avait sans doute exporté du pays des cerises.

La Lorette dans ses meubles a donc l'heureux privilége de se baptiser elle-même, mais elle perd ce beau droit quand les hasards de la vie la réduisent à l'hôtellerie. Monsieur Gabriel Delessert est le magistrat le plus curieux de France et de la banlieue; il faut qu'il sache le nom réel de ceux qui n'ont pas d'édredon patrimonial, il faut qu'il sonde les mystères de leur âge et qu'il remonte le tracé de la vie nomade pas à pas jusqu'au village ou à la mansarde qui a vu naître l'être que la fortune a voué à la maison meublée.

Le registre des hôtels garnis est la table mortuaire des noms de guerre ou plutôt des noms de terre.

Le cinquième fléau dont nous devons encore prendre note, c'est l'impossibilité du crédit qui frappe la locataire non dans ses meubles. La marchande de mode et le commis de nouveautés ont horreur du domicile garni, on n'y laisserait pas cinq petits pâtés sans en réclamer immédiatement le solde : si la locataire s'avisait de croquer un des exemplaires avant le paiement, l'éditeur crierait à la garde.

Le limonadier qui apporte des demi-tasses a le cauchemar, il voit l'ombre de la malleposte emporter, avec l'ombre du consommateur, l'ombre de la petite cuillère d'argent. Le plus souvent, crainte d'évasion, il reste en sentinelle sur le carré, et quand il a compté cent vingt-deux battements de son pouls fébrile, ce qui représente à peu près un quart d'heure, il rentre essoufflé, comme s'il venait de faire une longue course, il réclame son paiement et emporte son matériel qu'il nomme orgueilleusement sa porcelaine et ses cristaux et qui se compose de tasses en terre de pipe, et de petits verres non diaphanes qu'on aurait le droit de croire en corne de génisse.

Ces calamités qui pèsent sur la Lorette la poussent quelquefois jusque sur la frontière du suicide. Heureusement la Providence ou un porteur d'eau arrive toujours à temps pour éteindre le charbon.

Ou bien encore, il se trouve dans le four- neau un fumeron qui sauve la victime en la menaçant d'ôter à l'asphyxie tout ce qu'elle a de suave et de poétique.

Quelquefois la Lorette en appelle à l'évasion quand l'œil rembruni de l'hôtelier prédit une prochaine tempête.

La Lorette a une manière fort originale de faire sa valise.

Il y a trois choses qu'elle sauve avant tout du sinistre, elle laisserait plutôt brûler son père que ces trois objets.

Ces trois objets sont : sa brosse à dents, son cachet à cent devises et son fer à repasser.

Après cela, elle se livre à l'exportation des robes, et voici comme elle procède:

Elle rêvet d'abord trois jupons de toutes nuances qu'elle recouvre d'une robe de chali indigo ; la robe de chali reçoit en surcharge une robe de crêpe Rachel orange ; le crêpe Rachel est surfoulé par une robe Kabaïle tricolore ; la robe Kabaïle s'étreint sous un cachemire agonisant et un tartan dans la force de l'âge : un manteau couvre le tout. La Lorette dit au portier qu'elle va au bain, et l'oiseau s'envole.

Un passant lui dit : Madame, votre jupon rouge, passe.

Un autre : Madame, votre jupon bleu vous échappe.

Un troisième : Madame, votre jupon mazagran vous quitte.

La Lorette poursuit sa fugue, elle gagne l'asile tutélaire qu'elle a arrêté la veille, elle achète en route du charbon qu'elle porte dans un foulard, elle prend possession de son domicile. Le portier dit au maître d'hôtel :

Tiens ! cette dame n'a pas d'effets. Étant payé d'avance l'hôtelier se console.

La Lorette, à l'instar de M. Auriol du Cirque, coupe un fil : tous ses vêtements jonchent le sol de sa nouvelle patrie. Le charbon pétille, le fer chauffe, le repassage rend la fraîcheur aux robes que le voyage a fatiguées, on les étend sur les fauteuils.

L'hôtelier entre par hasard, il est ébahi des richesses vestimentales de sa locataire. Il se dit : Tiens ! cette dame a beaucoup d'effets.

Il descend chez le portier, et l'appelle mauvaise langue.

Le portier monte faire ses excuses.

Les Arthurs.

e n'est pas un caprice, une fantaisie irréfléchie et spontanée, qui a fait donner le nom d'Arthur à l'être que la Lorette nomme la seconde moitié de son âme.

Il résulte de l'expérience faite par les Lorettes mêmes, que la majorité de ceux qui prennent dans la correspondance amoureuse un pseudonyme, emprunte, on ne sait trop pourquoi, le nom d'Arthur.

Il y a vingt-neuf Arthurs contre sept Gustaves.

Il y en a dix-neuf contre trois Adriens.

Il y en a treize contre un Paul.

Et cependant ce nom est rare; c'est peut-être parce qu'il est rare, que tous ceux qui ont un nom commun le choisissent quand ils veulent le mystère. Enfin, il ne s'agit pas ici de commenter les causes. Nous n'avons qu'une observation à enregistrer et nous l'enregistrons avec la soumission passive du greffier des naissances.

Arthur est donc le nom générique des Verthers, Faublas, Lovelaces et autres satellites qui gravitent dans le planisphère des Lorettes.

On pourrait faire une large classification des Arthurs, mais nous reculons devant une ébauche que peut-être effacerait le peintre qui sera appelé à faire le trait physiologique de cette individualité.

Cependant nous ne pouvions pas aller plus loin dans la physiologie de la Lorette, sans faire au moins signaux de connaissance au compagnon temporaire de la famille nomade dont nous sommes l'historien.

Donnons donc le signalement de quelques-uns des types que nous avons rencontrés dans nos excursions au quartier des Lorettes.

Nous mettrons en regard de chaque individu de la famille féminine l'espèce mâle que nous avons observée au passage et presqu'au vol.

L'*Arthur* de la Lorette en puissance de père

et mère est presque toujours un clerc d'huissier, un auteur de vaudevilles ou un commis pharmacien.

Si l'Arthur est clerc d'huissier, il cumule les fonctions de Sigisbé et de Mercure judiciaire. Il porte ses protêts en promenant la Lorette. Quand il a un exploit à remettre à domicile, la Lorette attend à la porte ; et, pour se donner une contenance, elle fait semblant d'arranger son socque articulé. Chemin faisant, il est rare que l'Arthur ne rencontre pas quelques personnes avec lesquelles son patron a des rapports. —Voyez-vous ce beau brun, nous faisons contre lui une saisie-gagerie. — Ce gros qui passe en habit vert-pomme, nous avons obtenu contre lui une saisie-brandon..... — Voyez vous cette grosse modiste, demain j'obtiendrai sur elle le *par corps* : la Lorette, qui croit que son Arthur fait un calembour, le gratifie d'un soufflet.

L'*Arthur clerc d'huissier* est très-généreux après une semaine où il a rempli les fonctions de gardien d'une saisie, il apporte presque toujours à sa belle un foulard dont la marque, par une coïncidence bizarre, présente la lettre initiale du nom du débiteur chez lequel l'Arthur a pris l'hospitalité au nom du Code de commerce. A

cette époque, les poches d'Arthur clerc d'huissier regorgent de petits instruments tels que
canifs, porte-plumes, cachets, bagues, étei-
gnoirs en porcelaine de Chine ou en bronze.
Quelquefois même, on y trouve un flageolet en
ébène ou une embouchure de cornet à piston en
argent. L'Arthur a glané en instrumentant.

L'*Arthur vaudevilliste* est très-recherché

PETIT

de la Lorette en puissance de père et de mère,

elle sait que les coulisses donnent la grande émancipation. Elle veut être encataloguée, ne fût-ce que dans les chœurs, persuadée que son talent et la protection la classeront bientôt dignement. — L'Arthur se transforme en répétiteur ; pendant un mois il fait réciter la *Tour de Nesle* et *Frétillon* à son élève : celle-ci ne monte plus en omnibus qu'avec une brochure roulée entre les doigts. Le soir elle va à l'orchestre, et dit à chaque apparition d'actrice : « Si je savais être aussi mauvaise que cela, je me ferais marchande d'allumettes chimiques. »

La Lorette, rentrée au domicile, escalade le poêle paternel : sur cette scène improvisée, elle chante les couplets qu'elle a entendus le soir. L'Arthur fait l'orchestre sur un mirliton, le père pleure ou applaudit.

— Nina, dit la maman émue, je veux que tu aies le plus tôt possible de beaux appointements. Tu ne les voleras pas... Monsieur Léon, faut la faire entrer à l'Opéra.

— C'est un peu haut pour un début.

— Eh bien, alors, aux Français ou à la Porte-Saint-Martin ou au Cirque-Olympique. Faut que Nina soit quelque part. Si on n'avait pas poussé mademoiselle Rachel, elle repasserait

peut-être aujourd'hui des faux-cols à la mécanique.

Enfin, après avoir étudié les traditions d'un
rôle chez une actrice de banlieue, la Lorette fait
son premier début, et signe un traité par lequel
l'administration s'engage, par écrit, à la payer
1,200 francs par an; mais, en échange de ce papier, la Lorette en signe un autre qui atteste

qu'elle a reçu cette somme comptant, et par avance, et qu'elle n'a rien à réclamer pour prix de ses services. Le directeur autorise verbalement l'actrice à dire à tous les Arthurs qu'elle rencontrera : Eh bien, je suis engagée, sans votre secours, et j'ai mille écus d'appointements… et des feux ; par exemple pas de congé, la direction tient trop à moi.

L'Arthur apprenti pharmacien est presque toujours le rival de l'Arthur clerc d'huissier et de l'Arthur vaudevilliste : la spatule et le mortier en font un concurrent dangereux ; la pâte de guimauve, les jujubes sont ses projectiles d'attaque. L'été, il fait de l'eau de bluets contre les taches de rousseur.

L'Arthur pharmacien entretient le père et la mère de la Lorette de poudre d'eau de Seltz. Cette poudre jouit du double avantage d'être très-rafraîchissante et de servir à mettre les bottes. L'arthur pharmacien a une musique spéciale, dans laquelle il n'est pas rare de lui voir faire des progrès miraculeux. J'en ai connu un qui jouait, avec le pilon dans le mortier, *Portrait charmant* et *Fleuve du Tage*.

La Lorette sait, au battement lointain du levier de fer ou de faïence qu'agite son Arthur, ce que celui-ci éprouve ou n'éprouve pas.

Le mortier est un écho des peines et des joies de l'âme du pharmacien ; il faut être initié à son langage : quand il est compris, il efface en harmonie le couplet de facture du vaudevilliste et le langage fleuri de la basoche.

La Lorette émancipée a de la sympathie pour l'*Arthur libre.* L'Arthur libre est l'être qui dé-

finit la vie : « un deshabillé qui ne doit être gêné par aucun cordon social. » L'Arthur libre est l'homme primitif qui a accepté quelques modifications dans ses habitudes : il a subi le joug du pantalon, mais sans l'amendement des bretelles et du gilet; le chapeau neuf et la botte sans cicatrices lui sont toujours restés inconnus. Il a reçu avec reconnaissance de la nature ses trente-deux dents, et il les considère comme un étau naturel confectionné pour étreindre un tuyau de pipe; les vapeurs qui sortent du tabac sont les nuages sur lesquels trône ce roi de la création.

L'Arthur libre est sans façon, comme l'ours ou l'isard. Il croit que les biftecks poussent naturellement sur les plats, comme la fougère dans les bois, et il ne pense pas qu'il faille une invitation pour se repaître d'un produit naturel. C'est ce qui explique comment l'Arthur de cette classe se trouve souvent convive de la Lorette. Comme toutes les idées de l'Arthur libre sur la généralité des fonctions de la vie sont identiques, il s'ensuit qu'il partage d'autres meubles que la table; et qu'il justifie l'emploi de cette formule : Là où il y a pour un, il y a pour deux.

Les Arthurs que l'on peut observer dans la zone de la Lorette à parents anonymes, et ceux qui gravitent dans la sphère des Lorettes populaires, des Lorettes avec aïeux et des Lorettes exotiques, ont de traits caractéristiques que nous ne pouvons ici qu'effleurer.

Un genre fort curieux à étudier, c'est le genre Arthur qui veut être aimé pour lui-même. Craignant qu'on puisse attribuer un triomphe à une influence de fortune, cet Arthur laisse jeûner l'objet aimé le plus long-temps possible, il voit d'un œil sec les huissiers faire la saisie de ses cartons à chapeaux, et l'hiver

il promène sa lionne sans fourrure ni bournous.

Si l'Arthur craint qu'on l'aime pour son tilbury, il va en omnibus; s'il craint qu'on l'aime pour ses aïeux, il se fait appeler bâtard dans les petits journaux.

L'*Arthur* viveur est une autre division de l'individualité : celui-ci donne à la Lorette un souper dont la carte s'élève à 200 francs, il laisse un cabriolet de régie douze heures à la porte de la dame ; après le dîner il débouche sept bouteilles de champagne, pour exécuter ce qu'il nomme la salve d'amour. Il ne voit rien à l'horizon du lendemain, ni le vide du buffet de la Lorette, ni son crédit mort chez le fournisseur de comestibles. Vingt-quatre heures après, la Lorette, faisant application de l'axiome, Qui dort soupe, se jette sur son divan à six heures un quart. L'Arthur viveur ne comprend pas qu'une femme ait besoin de vivre quand il n'est pas là.

L'*Arthur* avare est encore un type à signaler. Un de ces individus invite un jour trois dames à dîner chez le restaurateur ; mais, avant de se mettre à table, il tire à part le garçon, et lui dit : Toutes les fois que je te demanderai tout haut du vin de Volnay tu nous donneras du Beaune.

Le repas fini , l'amphitryon réclame la carte, et fait un saut à l'endroit de l'addition ; d'abord il cherche à faire comprendre par signes au garçon l'erreur dans laquelle on est tombé : l'Arthur lui dit... Il y a faute à l'article vin.

— Je ne pense pas, monsieur, dit le garçon... vous avez demandé trois fois du Volnay.

— Oui, disent les dames, nous témoignons.

— Et on a marqué trois bouteilles Volnay, continue le garçon.

L'Arthur ne pouvant donner l'explication sans dévoiler sa ruse , paye le Beaune comme s'il était Volnay.

On cite un Arthur qui fait mettre son nom en toutes lettres sur les fichus et les peignoirs que porte la Lorette de son choix.

La Lorette écrit sur son livre de blanchissage :

2 chemises de femme marquées Julien.
2 camisoles,   idem.

En cas de brouille, l'Arthur fait citer la blanchisseuse chez le juge de paix, et la poursuit en restitution.

La Correspondance.

Si la petite poste n'existait pas, la Lorette éprouverait le besoin de l'inventer. Sur 19,753 lettres que le facteur parisien colporte en omnibus quotidiennement, il y en a 4,369 de Lorettes.

Sur ces 4,369 épîtres sur papier rubané, parfumé, satiné, 1,163 sont refusées pour causes de départ, de parjure, ou faute de monnaie.

Ces 4,369 lettres sont toutes sous enveloppe, et consomment chacune trois pains à cacheter, non compris l'empreinte de cire : c'est donc 13,107 pains omnicolores et omniformes qui avant d'arriver au papier s'humectent à la rosée des lèvres de Lorettes.

Chaque pain à cacheter a son parfum, son encens, son goût.

Il y a des pains à cacheter jujubes qui guérissent le rhume. Il y a des boîtes de pains à cacheter au sagou, à la menthe, à l'angélique ; et chacun d'eux, outre son principe hygiénique, a sa forme symbolique.

Le cachet à devises est devenu aussi un besoin général.

La Lorette écrit-elle à son cordonnier pour

obtenir un délai de paiement ; elle met à l'épître un cachet dont l'empreinte représente *un vaisseau battu par l'orage*, avec ces mots gravés à la proue... *C'est la vie.*

Si elle promet un amour sans partage, elle met par distraction sur l'épître un sceau qui représente le soleil avec pas mal de rayons, un œil au milieu, et au bas on lit : *Il brille pour tout le monde.*

Si un Jupiter gants jaunes veut renouveler l'aventure de feue Danaé, la Lorette répond et met sur le cachet une *Fortune* avec ces mots : *Pourquoi courir après elle, vaut mieux l'attendre dans son lit.*

Les flèches, les carquois, les cœurs transpercés, les colombes qui se becquètent, les deux mains qui se joignent à l'instar des enseignes de la bonne foi visible rue Saint-Denis, les lyres éoliennes qui soupirent, les serpents qui se mordent la queue en signe d'union à perpétuité, les bougies qui brûlent, avec ces mots : *Feu éternel;* une souris qui est dans la souricière, avec cette légende : *Hélas! je suis prise;* la mort en postillon avec cette devise sur sa valise : *Partir c'est mourir;* un lévrier qui fait concurrence à la poste et tient dans sa gueule un message affranchi, vu que le facteur n'est pas apte à faire la perception : voilà à peu près le dépouillement complet de la collection des sceaux que possède la Lorette et qu'elle emploie avec plus ou moins de profusion.

La Lorette ne date jamais ses lettres du lieu où elles sont écrites.

Si elle est dans une auberge à Dieppe, elle met en vedette de sa correspondance : *A bord du brick l'*ESPÉRANCE... (ou autre nom).

Si la Lorette écrit d'un sol élevé de deux millimètres au-dessus du niveau de la mer, elle date sa lettre : *Du haut des Alpes...* ce...

Sur deux mille épîtres sentimentales , la Lorette en commence dix-neuf cent soixante-sept par ces mots : Minuit sonne...

A ce sujet, voici ce qui arriva à une Lorette très-connue dans Paris.

Au moment de quitter Paris pour une excursion, elle anticipe sur les pensées de la nuit qu'elle va passer à la campagne ; et elle écrit par avance à son Arthur quelques phrases qui reflètent les tristes impressions d'une âme veuve.

Elle date sa lettre d'une localité dont le nom seul fait venir la chair de poule , et elle trace ces mots :

De la vallée aux Loups... minuit...

Elle parle des heures lentes du soir... du concert du vent qui semble pleurer avec elle, des cris lointains et du mauvais augure des chiens de bergerie qui aboient après la lune... enfin, comme les peintres, elle fait son paysage sans sortir de Paris; elle a déjà répété cinq fois : Il est minuit, je pense à toi...

Quand elle s'aperçoit qu'il est six heures de relevée, comme disent les avoués, elle plie sa lettre; son cachet place sur la cire noire l'empreinte d'une Héro qui pleure son Léandre absent, elle donne la missive au portier et lui recommande de la porter le lendemain matin. La Lorette part avec confiance et se dit : A minuit, n'ayant pas de lettre à faire, je mangerai des crêpes ou de la galette chaude.

Le portier, par un excès de zèle excusable parce qu'il est fort rare dans son emploi, porte le soir même la lettre à l'Arthur.

Par une double fatalité, la voiture de la Lorette s'étant brisée à la barrière, la dame revient à Paris, et, sans rentrer chez elle, va au spectacle.

La première personne qu'elle rencontre, c'est son Arthur : il était alors neuf heures.

Virginie, lui dit l'Arthur, tu as le droit désormais d'être un peu paresseuse dans ta correspondance. Un autre jour je t'excuserai d'être en retard pour m'écrire, parce qu'aujourd'hui, dit-il en montrant la lettre, tu es en avance de trois bonnes heures sur minuit.

Les Lorettes puristes possèdent un dictionnaire Napoléon Landais. S'il arrive qu'elles égarent le premier volume, elles n'emploient plus dans leurs épîtres que les mots qui se trouvent orthographiés dans le volume qui leur reste.

On cite une Lorette qui, dans sa correspondance, n'use jamais des mots qui dépassent la onzième lettre de l'alphabet; son langage écrit est circonscrit dans les limites de la lettre a... à la lettre k. Une autre Sévigné a la série de mots depuis l... jusqu'à z.

Il y a des Lorettes qui écrivent comme si elles devaient être lues exclusivement par M. Champollion. L'obélisque de la place de la Concorde aurait le droit de les attaquer en contrefaçon; voici à ce sujet une anecdote qui prouve qu'on a quelquefois tort de négliger l'étude des hiéroglyphes:

Une jeune fille des environs de Vendôme, arrachée au chalet de son père, vient à Paris, et, après quelques transformations, est reçue et baptisée Lorette à grands flots de champagne; elle s'attache tellement à son parrain, qu'elle regrette de ne pouvoir lui dire en prose écrite ce qu'elle éprouve en le voyant et même en ne le voyant pas. Le parrain, voulant seconder les intentions épistolaires de sa pupille, lui fait donner soixante-cinq leçons par un calligraphe qui apprend l'écriture en six séances. La jeune fille est rebelle à l'art des Audoyer et des Brard et Saint-Omer : non-seulement elle n'apprend pas à former les signes graphiques (c'est ainsi que les professeurs nomment l'alphabet); mais encore, économe du terrain comme une fille de laboureur qu'elle est, elle n'observe aucune distance dans le sillon, et toute la semence ou plutôt toutes les lettres se touchent et forment une chaîne sans solution de continuité. Le grimoire du diable serait plus déchiffrable.

Le parrain reçoit à peu près cent vingt à cent vingt-cinq lettres dans l'espace de six mois. Le facteur seul est assez Figeac pour lire l'adresse. Quant au contenu, le parrain renonce à ses révélations.

Le parrain a vingt-quatre ans, il baptise force Lorettes; la première pupille en conçoit de la jalousie, elle transmet toujours par la poste ses impressions d'absence à l'auteur de ses maux. Les baptêmes continuent, les pupilles augmentent, les lettres redoublent, le facteur les apporte avec une féroce ponctualité; jamais il ne met au dos la formule postale de renvoi : *In-connu.*

Enfin, six mois s'écoulent, et la correspondance cesse.

A cette époque l'Arthur s'avise de calculer que cinq mille bouteilles de champagne dont il a fait son onde lustrale lui ont coûté 25,000 fr.

sans compter les *bouteilles frappées* qui augmentent le chiffre d'un cinquième. Il faut qu'il renonce forcément à continuer l'œuvre de saint Jean le faiseur de chrétiens ; il est réduit au liquide avec lequel instrumentait l'Église primitive : les *fonds* baptismaux vont lui manquer ; les Lorettes ont fui. Il jette une pensée sur l'arrière de sa vie, il songe à la Vendômoise qui l'aimait si bien et qui écrivait si mal ; et, comme s'il éprouvait le besoin d'un acte expiatoire, il prend les lettres, se condamne à en déchiffrer au moins une ; faisant application de la loi du progrès, il prend, comme la plus facile à lire, celle qui avait dû être écrite la dernière.

A l'aide d'une loupe de marchand de tableaux, il parvient à saisir quelques mots. Il les isole, il les bâtonne, il les sépare ; enfin, il arrive à ce produit :

Tu n'ai qu'un nain....

Le lecteur de l'épître, ayant cinq pieds sept pouces (ancienne mesure), comprend qu'il y a erreur, et que ce mot est évidemment tronqué ; il poursuit ses recherches et réunit cette phrase :

Tu n'ai qu'un nainfidèle. Enchanté, il continue et s'arrête de nouveau stupéfié à ce mot : *maiche.*

Mèche, dit-il... et il se gratte les cheveux comme Archimède au moment du fameux problème ; puis il obtient ce produit :

Tu n'ai qu'un nainfidèle, maiche tème (mais je t'aime).

La fin du travail donnait pour résultat la nouvelle que la Vendômoise venait d'épouser un boïard ou un hospodar moscovite, et qu'avant de partir elle déposait chez un notaire de Paris 100,000 francs, monnaie de France, que le parrain de la pupille avait le droit de venir réclamer, et qu'elle lui laissait comme souvenir des temps heureux où elle était si malheureuse. Je fais grâce au lecteur des combinaisons graphiques et orthographiques qui formulaient et complétaient cette pensée.

Que ceci serve d'enseignement aux indifférents ou aux paresseux qui ne lisent pas les lettres sous prétexte qu'elles sont mal écrites.

La Lorette collectionne les lettres qu'elle reçoit.

Le plus grand chagrin qu'on puisse lui faire dans une correspondance suivie, c'est de changer souvent de format de papier ; parce que le volume des lettres réunies n'a plus de grâce et ne peut pas faire corps de bibliothèque.

Une Lorette s'excusait un jour d'avoir fait attendre un Arthur dans son antichambre.

J'étais occupée, monsieur, dit-elle; quand vous êtes entré, je repassais vos lettres.

— Ah! mademoiselle, vous relisiez...

— Je ne vous dis pas cela. Je repassais vos lettres comme on repasse une collerette, un fichu, un foulard. Une correspondance fripée c'est comme une robe chiffonnée, ça m'offusque.

Et en disant cela, la Lorette sonna, demanda un fer chaud, continua son opération, et passa au fer toute la correspondance de la semaine.

Après cela chaque lettre fut insérée dans son dossier ou plutôt dans son carton fait en forme de volume, sur le dos duquel il y avait le nom du signataire: comme en librairie on voit sur les œuvres reliées le nom de Victor Hugo, d'Alfred de Vigny et de George Sand.

C'est une Lorette qui écrivait à son Arthur :

Viens de bonne heure, le mien est de te voir.

Une autre, qui aimait beaucoup les officiers,

répondait à une déclaration par une lettre commençant ainsi :

Monsieur ,

*Ce qui peut militer en votre faveur,
c'est que vous l'êtes* (militaire).

Il y a des Lorettes qui poussent jusqu'à l'a-
varice la plus sordide l'économie qu'elles font
des lettres de l'alphabet.

Elles écrivent J rai vous voir.

Et si vous leur demandez pourquoi elles sup-
priment dans j'irai l'apostrophe et l'i , elles
disent que c'est de trop et que ça ne change
rien au mot.

Elles écrivent aussi G dîné.

J'ai eu sous les yeux un autographe d'une
jeune comique de l'Ambigu qui s'excusait d'une
absence à un déjeuner, en ces termes :

Mon chair, je croyai que 7 es (*c'était*)
pour de main.

Une autre commençait ainsi une pétition au
roi des Français : *Cire.*

Une amie lui fit observer qu'elle était dans

une fausse route, la Lorette haussa les épaules, prit une délicieuse boîte de la papeterie Marion, en tira un bâton qui sert à sceller les lettres, et montrant avec orgueil l'inscription, elle prouve à la donneuse d'avis qu'on écrivait cire par un c.

Une Lorette mère disait en montrant sa fille : Voilà ma plus belle ouvrage.

Un Arthur lui dit tout bas :... mon plus bel ouvrage.

La Lorette répond : Ouvrage est du masculin quand c'est un ouvrage d'homme, mais il est féminin quand c'est un ouvrage de femme.

Cette méthode grammaticale en vaudrait bien une autre si l'Académie voulait l'adopter.

La table d'Hôte.

 l y a une heure chaque matin à laquelle on ne peut circuler dans le quartier du faubourg Montmartre sans s'exposer à être pris entre deux paniers à provisions. A cette heure, l'asphalte est envahi par les ménagères de toutes les classes. La Parisienne se fait cuisinière, la Lorette se travestit en cordon bleu, en demoiselle Marguerite ; elle est mère nourrice, hôtelière : elle va faire son marché.

— J'ai ouvert une table, vous dit-elle... vous viendrez, n'est-ce pas? D'abord je vous invite. La première fois on ne paye pas, on est reçu à titre d'ami ; la seconde fois c'est différent.

La spéculatrice déroule verbalement la carte du menu quotidien ; elle a les meilleurs fournisseurs de Paris, un sommelier du roi lui donne du vin en contrebande, et un courrier de la malle-poste lui apporte du Périgord des truf-

fes d'occasion. La table est des mieux compo-
sées : il y a des peintres, des comédiens et des
gros marchands de bois de la banlieue.

Le prix du dîner est trois francs. Le jour où
vous faites honneur à l'invitation que vous avez
reçue, vous jouez de malheur, vous dit la maîtresse de la maison : c'est jour maigre ; et le pois-
son étant hors de prix, on ne vous en donne pas.
Vous êtes averti, il faut en faire votre deuil.

Le premier objet qui frappe votre regard est une colossale cuiller à potage en fer galvanisé. La Lorette se penche à votre oreille, et vous dit : Mon argenterie est absente, j'avais un billet à payer hier. Lundi vous la verrez. Cet avis vous dispense de toute réclamation à la vue de votre couvert en étain.

— Madame de B..., je vous demanderais un couteau.

— Mon Dieu, c'est un fait exprès ! ce diable de coutelier emporte toujours, il ne rapporte jamais ; madame de Saint-Ange, soyez assez bonne pour partager votre couteau avec monsieur. La Lorette hôtelière saisit cette occasion pour vous prier de vous dispenser aussi de serviette, elle vous autorise à prendre le coin de la nappe : sa blanchisseuse ne vient qu'une fois tous les deux mois.

Une dispute affreuse s'élève entre le convive du milieu de la table qui fait le service d'officier répartiteur, et un marchand de chevaux qui réclame un peu d'aile de volaille. Il offre de prouver que depuis deux mois il mange exclusivement des pilons ; et il ajoute que toutes les jurisprudences de table d'hôte ont décidé que les ailes de poulet devaient être données de préférence, sans distinction d'âge ni de sexe, aux plus anciens pensionnaires.

— Un nouveau venu veut dire son opinion.

— Un hourra d'anciens et d'anciennes le flétrissent de la double épithète d'affreux égoïste !

— Le plaignant est réduit à dévorer son dépit, — mais il ne dévore que ça.

Au rôti, un monsieur demande une pomme-reinette.

Ah... ah... ah... ah... est le cri général qui s'élève. Le nouvel arrivant ne sait que penser de cette formule de joie, quand on lui présente une fourchette au bout de laquelle est piquée une pomme.

— Monsieur, je vous remercie, je ne mange jamais de pommes-reinettes.

—Il n'est pas question de manger la pomme, monsieur, c'est d'un jeu qu'il s'agit : nous vous prions, au nom de la société, de tenir de la main gauche cette fourchette, les dents et par conséquent la pomme en l'air ; de l'autre main prenez ce couteau fraîchement émoulé, assenez un coup sur le fruit, enlevez un morceau sans que le tout perde équilibre et tombe, et passez à votre voisin. Ce n'est pas plus difficile que cela.

— Le nouveau venu fait ainsi qu'il lui a été expliqué, et du premier coup il abat la pomme.

De nouveaux cris s'élèvent au plafond.

Ah.... ah.... perdu.... à l'amende !

— Vous devez une bouteille de champagne, monsieur, dit la maîtresse de la maison.

— Mais on n'avait pas parlé de l'enjeu.

— Inutile, c'est connu... Rosalie, montez une bouteille champagne. La maîtresse se baisse de nouveau à votre oreille, et vous dit : Je le fais payer six francs aux Anglais, vous ne le payerez que cinq.

Puis la pomme passe de main en main : mais, on dirait que tous les convives, hommes et femmes, ont suivi un cours d'escrime appliquée à la pomme , chacun enlève une fraction, et le fruit reste immobile sur la fourchette.

— Madame Saint-Lambert , dit une petite voix flûtée à la dame de la maison, est-ce que tu ne vas pas mettre aujourd'hui quelque objet à l'enchère... c'est si amusant.

A peine ce vœu est-il formé , que la dame de la maison place sur la table la gravure de l'*Amour et Psyché*, et s'écrie :

—A six francs l'Amour et Psyché.

— Avec son cadre?

— *Parbleur...* dit un clerc d'avoué.

— Sept francs.

— Mimi, tu vas trop vite. Ah! ben, il n'y aura pas de plaisir. Sept francs un sou.

— Deux sous.

— Sept francs dix, continue gravement un convive qui braque un verre de lunette monstre sur le cadre.

— Monsieur Bichard, vous voyez bien que

vous voulez encore amener le trouble ici ; qu'entendez-vous par ces paroles , sept francs dix... est-ce sept francs dix sous?

— Non, monsieur , je ne donne pas sept francs dix sous de cet objet d'art. J'en donne sept francs dix centimes.

— Mais j'ai dit avant vous sept francs deux sous, c'est la même chose... Vous vouliez escobarder.

— Madame, je ne veux rien avoir à démêler avec vous.

— Monsieur Bichard, vous insultez madame, vous lui devez des excuses.

— Des excuses, j'aimerais mieux m'en aller sans payer mon dîner.

La maîtresse de la maison se penche à l'oreille du nouveau venu et lui dit : « Pour faire cesser ce conflit, et raviver les enchères, dites huit francs. »

Le nouveau venu dit huit francs.

Le calme renaît. L'hôtesse frappe sur la table avec son verre... — Allons, messieurs , huit francs, mesdames, huit francs ! Amélie, tu ne dis rien... Joséphine, regarde encore... huit francs... Avec le cadre... huit francs... Et on le portera à domicile, moyennant un franc qu'on donnera à ma bonne. Huit francs.... L'Amour et Psyché, d'après Gérard... C'est vu... entendu... vu... personne ne dit plus rien...

— Allons, monsieur, vous avez la main heureuse pour votre première visite, à vous le tableau pour huit francs. J'espère qu'un autre objet me couvrira de la perte.

Madame de Saint-Lambert met en vente un nécessaire de voyage, il est fermé, elle a perdu la clef, mais il y a dans la société des personnes qui connaissent l'objet, et on peut enchérir de confiance.

Celui qui gagne le nécessaire le fait ouvrir le lendemain et il y trouve sept manches de rasoirs sans lames, sur lesquels il y a écrit *Semaine*; un rouleau de papier chimique contre les engelures, et deux morceaux de savon pour enlever les taches.

A la table d'hôte de la Lorette succède la table de bouillotte ou d'écarté; quelques-unes des habituées ont un dialecte particulier qu'il n'est pas facile de comprendre le premier jour : vous entendez dire en jetant du pique sur table.

Je joue piche !

Au lieu de dire Je prends, une autre répond :

Je tonds.

Ou, si c'est un roi qu'elle relève, elle s'écrie :
Je pince le monarque.

C'est un vocabulaire à publier à l'usage de ceux qui voudront dîner aux tables d'hôtes de Lorettes.

Les Lorettes au carnaval.

nomes, sylphes, farfadets, djinns, vous êtes des paralytiques, comparés à la Lorette observée aux jours de carnaval. La langue française, pas plus que la langue chinoise, n'a de mots pour exprimer ce mouvement incessant, cette action galvanique, ce tournoiement continu, ce bourdonnement aigu, cette convulsion constante qui constituent la vie de ces myriades de lutins blancs, bleus, tricolores, qui se choquent, se heurtent, et sortent de la ruche du domicile pour n'y rentrer qu'au milieu du carême.

Vous entendez dire à la Lorette :

Lucien, je serai demain à l'Opéra à minuit ; Charles, venez me prendre à la Renaissance à une heure ; Adrien, que je vous trouve chez Musard à deux heures, heure militaire ; Ferdinand, à trois heures je reviendrai à l'Opéra ; à quatre je serai au bal chez Grignon, à cinq chez Deffieux, à six aux Vendanges de Bourgogne ; à sept nous irons manger une matelote

à Sèvres, à neuf nous déjeunerons au Rocher. Et tout se fait comme il est dit.

Et pendant six semaines chaque jour amène la répétition de la veille. Il faut que le corps des Lorettes soit bien mieux confectionné que les machines à vapeur à haute et basse pression ; il n'est pas possible de les faire fonctionner aussi activement sans retouche. Les articulations des Lorettes valent mieux que tous les engrenages de la mécanique. Quelle trempe ! Il faut arriver à croire qu'il y a là-haut un mécanicien qui entend joliment son affaire.

Il y a à Paris trois jolies Lorettes : Lorettes

d'élite, Lorettes-phénix, Lorettes-modèles, Lo-
rettes-types, qui sont illustrées des surnoms de
MOUSQUETON, de BAÏONNETTE et de CARABINE.
C'est la triple personnification du cancan, c'est
l'incarnation sous trois faces du délire carna-
valesque tempéré par beaucoup d'esprit et un
peu de sergent de ville. Eh bien ! en quarante
jours, depuis le jeudi de..... jusqu'à la mi-ca-
rême, cette trinité infatigable a été vue dans 87
bals; on élève à 1,700 le nombre des contredanses que chacune a dansées, ce qui forme un
total collectif de 5,100 contredanses sur lesquelles on peut compter hardiment 1,370 galops.

Et à propos de bals, vous qui ne dansez pas
le cancan, et qui ne poussez pas l'idolâtrie de
la transformation jusqu'à échanger votre elbeuf
contre un costume de débardeur ou de pirate
de l'Archipel, défiez-vous du repos de la Lorette, de la halte qu'elle fait après le galop.
Le génie des affaires est éveillé par le bâton
de Musard; et sans que vous vous en doutiez,
vous, tranquille spectateur qui vous cachez
sous un nez de carton, vous êtes au moment
de payer les violons. Voici le dialogue auquel
vous allez participer.

— *La Lorette*. Dis donc, beau nez (il faut

faire remarquer au lecteur qu'on ne peut pas dire beau masque à un homme qui ne possède que quelques millimètres de carton sur la figure); dis donc, beau nez, tu ne t'amuses guère.... c'est trop cohue... n'est-ce pas ?... moi, je m'embête. La Lorette bâille.

Le nez de carton croit pouvoir prendre sur lui de l'imiter.

— *La Lorette.* L'Opéra tombe tous les ans ; j'y viens par habitude, mais, ma foi, je n'y viendrai plus... il y a mieux que ça.

— Où ? dit inconsidérément et sans réflexion le nez de carton. Ce monosyllabe est son arrêt de mort : le goujon est ferré, style de pêcheur, il n'y a plus qu'à tirer la ligne et l'amener avec ou sans épuisette.

— Où, reprit la sirène ; vous le saurez si vous voulez me faire l'honneur de mettre votre nom sur ma liste de souscription. Je donne jeudi un grand bal dans le salon de Grignon.

— Ah !

— Tout le monde doit être travesti, c'est de rigueur ; mais vous, monsieur, vous aurez le privilége de venir avec votre nez revêtu de son ornement. Il y aura un souper exquis ; un orchestre composé de 70 musiciens et conduit par Musard, qui m'a donné sa parole d'honneur.

— Quel est le prix?

— 35 francs pour les agents de change, 15 francs pour les étrangers, et 10 francs pour les amis.

— Voulez-vous me permettre de me compter au nombre de vos amis? demande le rusé nez de carton.

— Comment donc, monsieur! dit la Lorette, mais certainement.

Le nez de carton prend son billet, délicieuse contremarque en carton Bristol encadré d'arabesques d'or et de camaïeux en nacre.

Il lit :

GRANDE SOIRÉE DANSANTE

DONNÉE PAR MADAME DE LONGCHAMPS.

Prix d'entrée : 25 francs.

On se réunira à 11 heures précises.

Un prince grec assistera au bal.

NOTA. Une lettre particulière adressée à chaque souscripteur indiquera le jour et le lieu de la soirée.

La Lorette place à chaque bal d'Opéra cinquante à soixante billets.

Le nez de carton demande chaque soir à son portier si on n'est pas venu indiquer le jour et le lieu de la fête à laquelle il a souscrit.

Enfin il reçoit la circulaire promise : le jour est fixé ; le bal aura lieu dans les salons du Veau qui tette, place du Châtelet.

Le nez de carton arrive à l'heure désignée ; il renvoie son cabriolet et s'élance, son nez à la main, vers le perron du restaurant. Le chef de l'établissement lui dit qu'en effet il était question de donner le bal chez lui ; mais qu'ayant eu avec madame de Longchamps une difficulté le matin même, il a rompu le marché : il sait que le bal se donne chez son confrère des Vendanges de Bourgogne.

Le souscripteur reprend un nouveau cabriolet et se dirige vers l'établissement des Vendanges de Bourgogne, et il renvoie son cabriolet. Là, le nez de carton trouve en faction un invalide qui a un bras de bois ; ce qui n'empêche pas le vétéran de remettre à l'arrivant un petit carton imprimé sur lequel on lit :

Les personnes invitées au bal de madame de Longchamps sont prévenues qu'il est ajourné à

mardi prochain, et qu'il aura lieu dans les salons de M. Durand, limonadier, place de la
Madelaine.

L'énigme est facile à trouver. La Lorette a
des créanciers : ils ont su qu'elle donnait un bal
par souscription, ils sont venus l'assaillir et ont
allégé sa bourse au point qu'elle ne peut plus
payer restaurateur, glacier, ni musiciens. Mais
elle est femme de tête, elle avise aux moyens
de sortir d'embarras : huit jours suffisent pour
réparer l'échec.

Une des amies de madame de Longchamps

occupe, rue Laffitte, un appartement magnifi-
que ; elle se nomme Joséphine. Le 19 mars c'est
sa fête ; madame de Longchamps lui ménage
une surprise : elle fait imprimer de nouvelles
invitations et indique la demeure de son amie
comme lieu de la réunion.

Au jour dit, madame de Longchamps va trouver madame... elle lui apporte un bouquet-
monstre et lui demande la permission de lui
amener le soir quelques amis, sans façon.

Le soir arrivé, trois cents personnes envahis-
sent le logis de madame... ; tout le monde est
en tenue de bal : chacun se regarde, car rien
ne semble préparé pour un bal. La maîtresse
du logis, avertie enfin, prend la chose en riant
et demande à madame de Longchamps où elle
aura un orchestre.

— Je connais mon affaire, dit la Lorette ;
il y a trois ans que Gervais, le violon, me
fait la cour ; je lui ai donné rendez-vous ici, ce
soir, à huit heures, et je l'ai prié, comme par
caprice, d'apporter son instrument. Une fois
entré, il ne sortira plus.

— En quelle monnaie le payerez-vous ?

— Ceci me regarde.

— Mais un violon ne suffit pas.

Je le sais ; aussi ai-je fait pour une clarinette, pour un cornet à piston et pour un alto ce que j'ai fait pour le violon. Il est des circonstances où il faut savoir se sacrifier.

Les choses se passèrent au mieux, l'orchestre joua de verve.

Restait l'article du souper.

Vers deux heures du matin, madame de Longchamps prit la parole : elle raconta qu'un chien enragé venait de mordre le restaurateur, que celui-ci avait mordu ses garçons, et que les garçons pourraient bien mordre les danseurs. On décida à l'unanimité qu'il y avait lieu de se retirer à jeun.

Le nez de carton a renoncé aux bals par souscription.

Excentricités.

 emander à la Lorette de modifier ses allures générales et de les passer au moule vulgaire, exiger qu'elle nivelle sa vie, c'est dénaturer le type, c'est flétrir la statuette par le badigeon. Ce croquis ne veut pas de retouche. Il faut lui laisser ses traits heurtés, ses lignes imprévues, sa physionomie d'exception.

La Lorette a sa charte, son catéchisme, son évangile, pour lesquels il ne faut pas demander de réforme.

La Lorette a ses joies, ses haines, ses goûts, ses soupçons, ses amours, qui ont leurs formules spéciales.

La Lorette aime le cigare, c'est une confession que nous avons déjà faite et que nous croyons pouvoir renouveler encore, et en cela la Lorette nous semble douée de l'intelligence du bien-être que ne possèdent pas à un degré égal beaucoup de dames non lorettes.

De nos jours, Paris est une atmosphère au tabac. Ceci est incontestablement vrai.

La fumée du cigare est appelée à remplacer provisoirement ce que nos pères nommaient dans leur temps, les *brouillards de la Seine* : il n'y a donc rien de mieux à faire que de s'arranger de manière à vivre dans cette brume normale; et le meilleur moyen, c'est de s'en nourrir.

Le gouvernement et les Lorettes sont d'accord sur ce point. Mais, par compensation, il est un autre article sur lequel ils sont en constante opposition.

La Lorette éprouve très-souvent l'envie de changer sa couturière contre un tailleur. Elle dit que, dans la loi naturelle, tel ou tel vêtement n'appartient pas plus à un sexe que tel ou tel autre.

A cela, le sergent de ville, fraction nomade

du pouvoir représentatif, répond par un arrêté dont voici, sinon le texte, du moins le sens administratif.

« Toute personne qui (au carnaval excepté) sera vue, *sans permission*, dans des vêtements autres que ceux de son sexe sera considérée comme mas e et mise au violon. »

Aussi le nombre des pétitions tendant à porter culotte tient-il du prodige.

Une Lorette écrit :

Monsieur le préfet,

Désirant donner des coups de canne à une personne qui m'a insultée, je vous prie de me permettre de porter des habits d'homme.

Adolphine.

Une autre :

Monsieur le préfet,

Éprouvant le besoin de prendre ma demi-tasse à l'estaminet, je vous prie de m'autoriser à porter des vêtements masculins.

Clara.

Une autre :

Monsieur le préfet,

Ayant été douée par la nature de moustaches qu'aucune poudre épilatoire ne peut extirper, et étant dans la nécessité de me faire la barbe, comme vous, monsieur le préfet, veuillez me permettre de porter les habits de votre sexe.

Évelina.

Etc., etc., etc...

Le chef de bureau des *travestissements* répond à chacune des solliciteuses :

Mademoiselle,

Monsieur le conseiller d'État préfet de police est désespéré de ne pouvoir accorder la permission que vous sollicitez, l'autorisation du travestissement ne se concède que pour des raisons de santé.

Le lendemain une Lorette mieux inspirée que les autres écrit :

Monsieur le préfet,
Me trouvant pour le moment à l'agonie, je

vous prie d'être assez bon pour m'autoriser à porter pendant deux ans des habits d'homme.

Ci-joints les certificats de trois médecins.

Quand la Lorette a obtenu la permission si désirée, on dirait qu'elle a eu en même temps le privilége de la transformation; elle change de sexe, on croirait qu'elle a porté chapeau toute sa vie et qu'elle est née avec des bottes : elle fait la roue avec sa canne, arrête les passants qui fument et allume son cigare au leur; quelquefois même elle prend le meilleur des deux et s'esquive. Au spectacle elle envahit la place de celui qui sort et met dans sa poche le gant qu'il a laissé comme signe de son retour. La Lorette-homme croit que personne ne se doute de sa métamorphose; si un sergent de ville s'approche et lui demande l'exhibition de sa permission, elle lui rit au nez et dit : « Je ne suis pas une femme; » mais quand l'agent de surveillance insiste, la Lorette se dit : « Il faut que ce soit une farce, on m'aura trahie. »

Vendetta de Lorettes. — Se venger comme le commun des martyrs ce serait à dégoûter du plaisir des dieux; la Lorette a donc perfectionné ce genre d'exercice.

Quand la Lorette, dans un paroxysme de jalousie, a dit en montrant son Arthur : Je veux que cet être-là périsse sur l'échafaud, ou qu'*il aille sur le tabouret*, expression surannée et sans valeur qui se conserve encore dans le

langage populaire, elle écrit immédiatement une lettre au procureur du roi et accuse son Arthur d'attentat contre l'État. Elle ajoute qu'il cache deux cartouches à la congrève sous son oreiller. Le magistrat ne tarde pas à faire sa visite à l'inculpé; heureusement ce jour-là le parquet est en bonne humeur et il reconnaît que les deux prétendues cartouches politiques sont deux vieilles fusées *Ruggieri* qui ont servi au dernier feu d'artifice de Tivoli.

En descendant l'escalier, le parquet trouve la Lorette qui baise ses bottes en criant grâce et qui offre, comme dans les mélodrames de M. de Pixerécourt, ses boucles d'oreilles et ses cheveux pour sauver son amant. Elle termine la scène par un évanouissement.

Si un Arthur chante en brossant le matin son habit :

Il faut partir, Agnès l'ordonne,

La Lorette lui assène sur le crâne un coup de hachette à fendre le sucre, en lui disant : Va porter cela à ton Agnès.

S'il fredonne :

Vos pieds dans le satin
N'osent fouler l'herbette,

La Lorette s'écrie : Alfred ou Gustave, je vais tout à l'heure te fouler quelque chose ; et elle lance immédiatement au chanteur un coup de tibia dans ce que Paul de Kock nomme, dans ses jours de chasteté, — le fémur.

Si la Lorette soupçonne son Arthur d'avoir après le spectacle un souper avec des rivales, elle le prie de la reconduire à domicile : elle le fait passer près d'un corps-de-garde vers minuit ; et à peine est-elle à quelques pas du factionnaire qu'elle jette à l'improviste son châle en sautoir sur les épaules de son sigisbé, et d'une voix d'adjudant-major elle crie : *au voleur...* Le caporal accourt, l'Arthur est signalé comme attentant au droit de propriété. « Mais, Annette, tu es folle, s'écrie-t-il. — Caporal, mettez les menottes à ce drôle qui se permet de me tutoyer ; il se croit sous la République : jamais je n'ai vu cet être. » Le caporal emmène l'Arthur, la lionne s'éloigne ; et après une nuit de confinement solitaire, le captif parvient à prouver que s'il n'appartient pas à cette classe honorable qui donne des châles il ne doit pas non plus être rangé dans la catégorie de ceux qui les prennent.

La Lorette jalouse ne reconnaît aucunes lois sociales, aucune condition de mutisme, aucune force paralysante.

Pendant la revue de la garde nationale, elle fend les rangs au défilé et dit à un Arthur capitaine : En passant sous le balcon de Louise, si vous saluez de l'épée, je vous soufflette de mon éventail à la tête de votre compagnie.

En passant sous le balcon en question, le capitaine tourne la position, il se mouche.

Si la Lorette est dans une stalle de balcon au théâtre et qu'elle aperçoive à l'orchestre son Arthur regarder langoureusement les actrices, la Lorette se lève et s'écrie : Adolphe, aurez-vous bientôt fini de *lancer votre prospectus* aux actrices ?

Et elle reprend sa place avec la gravité d'un député qui se retire de la tribune où il a demandé qu'on empêchât les tribunes d'éternuer.

Il y a toujours une époque dans la vie de la Lorette où la misanthropie la pousse à fuir tous les hommes..... de Paris; elle croit que le paradis terrestre avec ses anges est extra-muros. Alors elle réalise ses capitaux et s'élance dans le coupé d'une diligence escortée d'un carton à chapeaux.

Elle va se désaltérer à tous les ruisseaux d'onde minérale qui coulent dans notre belle

patrie ; elle fait collection des plus beaux cailloux qu'elle trouve sur la voie publique ; elle achète des morceaux de vieilles marmites romaines ; elle fait un herbier de pissenlits et de tiges d'épinards sauvages. Mais le mal du pays court les monts avec elle. Un matin elle se réveille avec l'appétit de sa terre natale et la soif de son Arthur. Il y a entre lui et elle beaucoup de myriamètres. Sa bourse est vide, ce qui est absolument pour elle comme si la diligence était pleine. Enfin le Destin, sous les traits d'un conducteur de messageries, la commandite d'une place de banquette !

Budget de la Lorette.

aintenant suivons la Lorette sur le terrain de l'économie domestique ; assistons au morcellement qu'elle fait de sa fortune non patrimoniale et très-peu héréditaire. Suivons la répartition de ses capitaux.

Bien des gens se demandent à quoi l'argent peut servir aux Lorettes; et sans creuser la question, ils répondent :

A rien;

Ou bien en vers,

L'argent pour la Lorette est un meuble inutile.

te conclusion, ils la tirent de cette grande vérité iale : que les robes, les bournous, les chapeaux, les gants, les brodequins, les lorgnettes, les ombrelles, etc., etc., sont une manne bienfaisante qui tombe gratuitement sur la Lorette dans son pèlerinage vers la terre promise. La Providence, qui fait tomber cette manne, a ordinairement des gants jaunes.

Or, si la Lorette n'a pas besoin d'acheter, à quoi servent les *achetoirs*, mot trivial ennobli par le grand Napoléon qui, au dire d'Émile Marco de Saint-Hilaire, se plaisait à en faire usage !

Il y a des Lorettes qui nomment les *achetoirs* quibus ;

D'autres nomment le quibus, grains d'or ou d'argent, suivant la nuance du métal.

Mais ne sortons pas de la question et montrons à quels nombreux impôts la Lorette est obligée de satisfaire, ce qui expliquera la rapidité torrentuelle avec laquelle s'écoule entre ses mains un fleuve d'or, en d'autres termes comment elle dévore un demi-sac de mille francs.

La veille du jour ou le pactole, c'est-à-dire le sac de grosse toile grise monte au domicile de la Lorette, elle est réduite à exploiter ce qu'elle nomme sa pièce de crédit. C'est une pièce de monnaie presque toujours de cinq francs; quand elle est de vingt francs elle prend alors le nom de grande pièce de crédit

La propriétaire de la pièce en question ne la change jamais, c'est un talisman à l'instar de ceux que M. Perrault donnait à ses fées.

On dit à la crémière, à l'épicière : Je ne vous

paye pas aujourd'hui, je ne veux pas changer ;
et en disant cela on montre la pièce, afin de
prouver que si on voulait on changerait. Il faut
avoir soin de n'acheter aucun objet qui dé-
passe quatre-vingt dix-neuf sous trois liards ou
499 centimes. A l'aide de ce procédé, il y a
des Lorettes qui ont dû jusqu'à 200 francs à
leur porteur d'eau.

Arrivons au budget.

Passons en revue chaque article.

Le *loyer*. — La Lorette intelligente peut
mettre 0 à ce chapitre de dépense. Depuis
quelques années l'art de se loger gratis a fait
de grands progrès vu la rapidité des construc-
tions. Dans la rue Notre-Dame-de-Lorette il a
été long-temps d'usage de prendre des locataires
sans leur imposer aucune taxe, pas même le
sou pour livre, ni la dîme du gaz. Quelques
propriétaires ont même poussé si loin le désir
d'avoir les lieux garnis, qu'ils payaient les
ports de lettres de leurs locataires. On con-
cédait gratuitement, pour six mois, un appar-
partement complet aux dames assez intrépides
pour risquer les rhumatismes produits par les
pleurs du plâtre. Quand on avait essuyé pendant deux termes ces susdites pleurs, on ren-

trait dans la classe des locataires payant leur terme. Les hôtes, trop fiers pour se soumettre à ce joug, allaient chercher dans la maison voisine d'autres pleurs à tarir. Dans cette lutte contre les plâtres neufs, les Lorettes étaient de vraies Jeanne Hachette ; je n'emploie pas, pour cause, comme expression comparative, le nom de Jeanne d'Arc. On a vu de ces héroïnes changer dans l'espace de quatre années, seize fois de domicile ou plutôt de bivouac.

Mais, malheureusement pour ces intrépides locataires, les maisons neuves ont vieilli et on trouverait à peine aujourd'hui à louer rue Notre-Dame-de-Lorette une mansarde payable en rhumatismes. La Lorette est réduite à porter ses pénates économiques rue Navarin, rue Neuve-Bréda, rue de Laval, rue Fontaine-Saint-George, rue de La Ferrière, où elle rencontre encore, sans bourse délier, des domiciles provisoires. En cherchant bien, en guettant l'apparition du bouquet des charpentiers et des couvreurs sur le faîte des édifices, la Lorette peut donc arriver à ne pas grever son budget de la dépense du loyer.

La *bonne* ou *femme de ménage de*

la Lorette. — Voici un moyen qui nous a été révélé et qui nous a paru fort ingénieux pour ar-

river à l'économie des gages d'une chambrière. Admettons d'abord, lecteur, que vous soyez une jolie Lorette et que vous connaissiez un aide-de-camp du roi, ou un questeur de la chambre des députés, ou un député, ou même un capitaine de la garde nationale qui ne chante jamais *la Marseillaise.*

Quand vous avez, comme on dit, dans votre manche, votre aide-de-camp, votre questeur, votre député, ou votre garde national, vous vous mettez en quête d'une femme de ménage ou cordon-bleu, dont le nom de famille commence par ces deux lettres : DE.

Supposons donc que vous ayez découvert Félicité Denise, et que vous l'ayez prise en service à raison de 300 francs par an.

Quand arrive le premier mois de gages, vous prenez une feuille de papier vélin et vous signalez à la bienfaisance royale, ou ministérielle, madame Félicie *de Nise*, rejeton d'une noble et malheureuse famille dont la fortune s'est engloutie sous les décombres des révolutions. Quand la lettre est formulée, vous allez trouver votre Mécène, vous lui imposez une apostille en faveur de votre protégée ; ou bien vous obtenez qu'il aille solliciter lui-même une pension ou un secours pour la descendante des Nises.

La gratification arrive au domicile de la Lorette, qui dit à Denise : Tant que tu seras ici, tu resteras noble et pensionnée du gouvernement. Le cordon-bleu prend ses fonds et retourne à sa broche.

Des Lorettes ont, dit-on, d'autres moyens de salarier leurs cuisinières ; il y a même, assure-t-on, de ces dernières qui payent pour servir leurs maîtresses, comme les chefs de claqueurs payent pour applaudir les auteurs. Mais les faits positifs nous manquent, nous demandons le dépôt aux renseignements.

La *caisse d'épargne*. — La Lorette met ses

châles au Mont-de-Piété, qui lui prête de l'argent à 14 p. 100; elle place ses fonds à la caisse d'épargne, qui les emprunte à 4 p. 100. La spéculation paraît un peu hasardée, mais il y a manière de la rendre fructueuse. Quand la Lorette est en jouissance de livret, quand elle passe à la catégorie de rentière, elle dit : Charles, vous seriez bien gentil de placer quelque chose pour moi — Adrien, mettez 50 francs sur mon livret — Auguste, faites-moi un compte rond. Son livret est comme ces albums sur lesquels il faut bon gré malgré inscrire quelque chose. Cette dépense est portée au budget comme recette.

Les *pâtisseries.* — Un cinquième de la fortune privée de la Lorette est dévoré par le gâteau d'amandes, le biscuit au rhum, la tarte aux fraises, et la galette. Il y a des Lorettes qui consomment 90 mètres de pâte-ferme par trimestre ; elles exportent les produits des pâtissiers jusqu'au boudoir, vous trouverez du feuilletage jusque sous l'édredon. Chaque page du roman qu'elles lisent le soir est mouchetée par la cerise cuite, tatouée par l'abricot confit.

Cabriolets. — La Lorette professe un enthousiasme fébrile pour le cabriolet à quatre roues dit cabriolet milord; le fiacre est pour elle une Bastille ; si parfois elle fait quelques concessions au mystère et consent à s'abriter derrière les stores garance de la citadine, elle s'évade le plus tôt possible de cette prison non-modèle et reprend position dans le *calechino* : c'est le nom que les Arthurs donnent au cabriolet dont le cocher est isolé.

Écrivez à une Lorette : Je vous offre pour la vie un cœur constant,

L'épître court les chances de rester sans réponse.

Écrivez : Je vous offre pour l'éternité une flamme vivace,

Il peut se faire que le facteur vous rapporte votre pétition sans réponse.

Mais écrivez à la Lorette :

J'ai l'honneur de mettre, pour la journée, à votre disposition un cabriolet à quatre roues ;

La Lorette est femme à descendre perpendiculairement par la fenêtre, pour vous apporter plus vite son adhésion.

La Lorette va au bois en cabriolet à quatre roues, elle donne trois francs de prime au cocher quand il peut accrocher la voiture d'un prince grec ou d'un agent de change parisien.

C'est souvent un moyen de faire faire un tour à la roue de fortune.

Le lendemain la Lorette va au bois sur un cheval de louage.

Un mois après elle s'y montre avec ses équipages et quelquefois avec ses gens.

Toutes ne sont pas également favorisées par les chances de la vie, témoin certaine Lorette à laquelle advint ce que nous allons dire :

Un matin elle se réveille avec de grandes idées d'ambition, elle regarde avec tristesse le joug quasi conjugal où elle est attachée. Son Arthur fait des feuilletons, et la Lorette se livre à la botanique et à la chimie appliquées aux besoins usuels, en d'autres termes elle épluche les légumes du ménage et a la gérance du pot-au-feu; soudain elle se rappelle avoir vu dans les contes pas mal de rois épouser

des bergères , elle sait que l'antique usage était d'envoyer le portrait d'une jeune fille à un front couronné et que ce front perdait immédiatement la tête ; la Lorette dont s'agit jeta les yeux sur sa majesté le roi d'Angleterre, c'est-à-dire sur monsieur le mari de sa majesté la reine d'Angleterre (nous tenons même en matière de contes, à rester dans la vérité du langage constitutionnel) ; une nécromancienne lui a prédit qu'elle aurait les plus hautes destinées ; la Lorette traduit cet arrêt de la sibylle par ces phrases :

Je dois convertir mon argenterie et mes meubles en délicieux chapeaux et en robes exquises, quitter les fiacres parisiens pour le paquebot anglais, prendre place dans une loge au théâtre le plus près possible du mari de la reine, et là, attendre qu'il tombe à la renverse frappé par l'éclat de mes yeux. Ce ne sera pas long.

La Lorette partit. Les chapeaux se fanèrent, le mari de la reine brava l'éclair comme s'il eût été assuré par la compagnie du paragrêle.

Bien plus, la loge de la Lorette sembla aux ombrageux insulaires un lazaret de pestiférés, on s'en isola, parce qu'il circula un soupçon sur l'étrangère : les faiseurs de cancans de Londres se dirent que la dame avait une mission de basse diplomatie et qu'on l'avait envoyée à Londres non pas pour ses beaux mais pour ses bons yeux.

Quand cette épigramme est en anglais, lecteur, on dit qu'elle est fort agréable : mais je la donne comme je la sais.

Au bout de deux mois de stage, l'ambitieuse Lorette fut obligée de renoncer à la conquête qu'elle avait préméditée ; elle n'avait pas même mis en réserve les frais de retour, croyant revenir à Calais dans un yacht royal : elle en était à blasphémer contre la sibylle... Enfin un quaker la prit en pitié et lui dit :

Ma fille, tu as fait une boulette ; quand on s'aventure dans un climat où l'on peut manger jusqu'à son dernier denier, il faut choisir un pays d'où il soit possible de revenir à pied.

Cet aphorisme est encore très-agréable en langue britannique.

Le quaker fit un demi-tour à droite et disparut.

Heureusement un marchand de savon de Windsor ramena la Lorette sur le sol natal et fit les frais de retour, à condition qu'elle tiendrait pendant six mois, comme demoiselle de comptoir, son magasin de parfumerie.

L'aumône. — La Lorette est charitable par superstition, elle dit que l'aumône porte bonheur. Dix mille affamés doivent à ce préjugé de ne pas se coucher à jeun. Il y a des croyances qui font plus de mal que celle-là.

La Lorette devenue riche envoie 20 francs au préfet de son département pour l'extinction de la mendicité, et pare l'église de son village.

Les médecins de Lorettes.

ous avons pensé que ce chapitre ne devait pas figurer au budget des dépenses, et qu'il rentrait plutôt dans la section des recettes... voilà pourquoi nous l'avons placé sous un titre spécial.

La médecine appliquée aux souffrances de la Lorette doit être considérée comme un mandat purement officieux. La spéculation lui est totalement étrangère.

La clientelle d'un médecin de Lorettes se grossit par la filiation non interrompue de malades qui considèrent le docteur comme un ami.

On vient *causer avec lui santé ou maladie* comme on causerait promenade ou théâtre.

— Docteur, je suis chargée, de la part de Mathilde, de vous remercier de vos soins...

— Il y a long-temps qu'elle n'est venue.

— Elle n'a plus besoin de venir, docteur... Elle est guérie.

— C'est juste.

— Je voudrais bien être comme elle... Je souffre affreusement, docteur.

— Contez-moi cela, mon petit ange.

(Ici le récit plus ou moins détaillé des maux de la Lorette, et la prescription de l'Hypocrate.)

— Merci, docteur… Je dirai bien des choses de votre part à Mathilde, n'est-ce pas ?… Dites donc, docteur, vous seriez bien aimable de me confier votre parapluie. Le temps se couvre.

La Lorette prend le parapluie le plus coquet qu'elle trouve près de la cheminée.

A la seconde visite, la malade ne rapporte pas le parapluie, mais elle emporte un flacon ou une aquarelle, ou une statuette qu'un client a donnée au docteur, elle part en s'écriant : Docteur, c'est pour me rappeler que je vous dois deux visites.

A la troisième visite, la Lorette arrive en cabriolet, et dit en entrant : Docteur, prêtez-moi donc de quoi renvoyer mon *ver rongeur*. La Lorette prend vingt francs sur la cheminée; elle en soustrait un quart pour le cocher, et met le reste, par distraction, dans sa bourse.

C'est le médecin qui paie au malade sa visite.

Au jour de l'an, la Lorette éprouve le désir de témoigner au docteur sa reconnaissance ;

elle lui envoie la gravure d'*Hippocrate refusant les présents d'Artaxerce.*

Ce jour-là le docteur reçoit ce même tableau de vingt-cinq clientes.

Quand la maladie condamne la Lorette à garder le logis, et qu'elle craint de convertir son boudoir en infirmerie, elle a recours à son médecin ordinaire pour obtenir admission dans un des temples ouverts aux infirmités humaines.

Elle se fait conduire au Parvis-Notre-Dame, entre sans façon au bureau du médecin de service, et fend la foule des prolétaires.

— Docteur, je viens, au nom d'un de vos confrères, solliciter pour moi un des trente mille divans gratuits que la philanthropie entretient pour ceux qui n'aiment pas à mourir à domicile.

— Mais vous n'êtes pas inscrite à l'indigence?

— J'ai le droit d'y figurer. J'ai tout perdu hier à la bouillotte.

— C'est différent. Nous allons vous faire admettre à l'Hôtel-Dieu.

— A l'Hôtel-Dieu... Diable!.. j'aime mieux autre chose.

— A la Charité ?

— La Charité ! Je n'en veux pas pour deux sous. Beaujon, à la bonne heure : la galanterie administrative en a fait une clinique parfumée. C'est un champ d'asile de Lorettes, une Abbaye-aux-Bois de viveuses. On y meurt en buvant de la bourrache dans des verres à champagne !

Ce que deviennent les vieilles Lorettes.

 ieillir, ou plutôt savoir vieillir est un art que les Lorettes, mieux qu'aucune femme du monde, ont le secret de mettre à profit.

Quand le papillon se fait vieux, il tombe en léthargie sur la fleur où il a butiné, et puis il meurt sans faire aucun effort pour essayer encore la vie.

La Lorette voit le temps avancer sans s'effrayer.

A quarante ans la Lorette se réveille un matin ambitieuse. Elle se rappelle le nom de vingt Arthurs qui sont devenus préfets, procureurs du roi, députés ou ministres.

Elle se met en chasse de bureaux de tabacs, de bureaux de papiers timbrés, de bureaux de poste aux lettres.

Elle obtient tout, sous condition de ne pas publier ses mémoires et de brûler les anciennes lettres d'amour.

Les hommes en place ont une peur atroce des souvenirs de jeunesse.

La vieille Lorette est très-recherchée des hypocondriaques comme dame de compagnie, son habitude des vicissitudes de la vie lui a donné une égalité d'humeur que rien ne détruit.

La Lorette qui retrouve un étudiant passé à l'état de notaire se fait commanditer et devient marchande à la toilette, ou achète un fonds

de table d'hôte et le notaire vient dîner en remboursement de ses avances.

La Lorette qui a vécu dans l'intimité de jeunes vaudevillistes les trouve directeurs, elle se place sous leur aile et se fait modestement ouvreuse de loges.

Vous retrouverez la Lorette de quarante ans à chaque jalon de l'échelle sociale ou matrimoniale.

Votre marchand de bois vous envoie sa facture par sa femme, vous reconnaissez un débardeur Musard.

Vous prenez des chevaux pour un voyage; la maîtresse de poste approche, vous retrouvez en elle un ex-postillon de Lonjumeau de l'Opéra.

Les princes étrangers, les sous-préfets français font aussi une prodigieuse importation et exportation de la Lorette.

Il y a des pays où la Lorette est *maire*, son époux se repose sur elle des soucis municipaux. La Lorette correspond avec le préfet du département, qui souvent se dit : C'est incroyable, cette écriture-là ne m'est pas inconnue.

Dans une tournée de recrutement le préfet arrive dans la commune :

« Tiens, c'est toi, Élisa ! » s'écrie-t-il, oubliant son rôle ;... puis, rappelé à l'ordre par un chut... et par l'écharpe tricolore du magistrat subalterne... il fait trois saluts et dit : « Madame, j'ai l'honneur de vous présenter mes respects. Cette commune est des mieux administrées.

Et il ajoute tout bas :

« Si tu veux, au carnaval nous irons faire une partie de bal Chicard. »

Le maire répond : « Monsieur le préfet, vous me faites beaucoup d'honneur. »

Sous le cachemire de la femme du financier, sous la tiretaine de la fermière, même sous le sarrau de serge des sœurs de *la sagesse,* partout la Lorette se trahit à l'œil exercé qui la cherche...

Un poème.

Toutes les palmes lyriques ne seront pas exclusivement le monopole de vos couronnes, ô grisettes si fières du poète qui vous a chantées ; les souples lianes qui attachent votre Homère à ses beaux peupliers de Touraine se rompront peut-être un jour à la voix de nos sirènes.

Mais, en attendant ces chants harmonieux, la Lorette ne peut rester à l'abri de l'encens des muses ; la cuisinière lui rirait au nez, car la cuisinière a eu son poème :

Guernadier, que tu m'affliges
En m'apprenant ton départ!...

est une ode qui transmet aux siècles à venir la sensibilité exquise et le dévouement surhumain du cordon-bleu de notre époque.

La maréchaussée n'a-t-elle pas aussi son Odyssée ?

Y avait une fois cinq, six gendarmes
Qu'avaient un bon rhume de cerveau...

Ces chants si purs sont lancés par les brises occidentales jusqu'aux rivages où la civilisation n'a pas encore apporté le jus de réglisse et la manière de s'en servir.

Jetons quelques jalons dans le champ poétique et gravons le nom de Lorette, afin qu'il dise au poète touriste qu'il y a encore quelque chose ici-bas à immortaliser.

Les vers que nous présentons sont une ébauche qu'une jeune muse nous a confiée.

Les vers sont enfants de la lyre ;
Il faut les chanter, non les lire.

Pour chanter l'air, il faut que l'air existe. Nous appelons donc à notre secours messieurs les compositeurs; nous promettons pour prix à la plus suave inspiration une *musette* en fer creux...

Une Lorette émérite qui a fait des éducations en Russie , couronnera le vainqueur quel que soit son sexe.

Voici le thème à poétiser, le canevas à broder de notes légères :

AIR A FAIRE.

Excellents cœurs, mauvaises têtes,
Sans raison comme sans chagrin,

Du matin jusqu'au soir en fêtes,
En noce du soir au matin ;
Voilà les Lolo, les Lolo, les Lolo,
        Les Lorettes.
        Vivent les Lorettes !

Quelles femmes, parfois discrètes,
Afin d'alléger leurs trousseaux,
Portent, dans les jours de disettes,
Leurs burnous ru' des Blancs-Manteaux ?
Ce sont les Lolo, les Lolo, les Lolo,
        Les Lorettes.
        Vivent les Lorettes !

Qui les premières donnent aux quêtes
L'exemple de la charité ?
Quel's sont les danseus's toujours prêtes
A sauter par humanité ?
Ce sont les Lolo, les Lolo, les Lolo,
        Les Lorettes.
        Vivent les Lorettes !

L'auteur de cette chansonnette
N'est pas un enfant d'Apollon ;
C'n'est pas Béranger le poète,
C'n'est pas ce farceur de Piron :
C'est un' Lolo, bien Lolo, très-Lolo,
        Une Lorette.
        Vive la Lorette !

TABLE.